KB097213

작은 위로

작은 위로

이해인 시집

열림원

개정판을 내며

　원래 「작은 위로」라는 시 자체는 어느 태풍 부는 여름날 내가 사는 수도원 정원에서 슬프게 쓰러진 상사화를 보고 적은 것인데 시 내용보다도 제목이 맘에 들어 선뜻 시집 제목으로 선택하게 되었다.

　이 시집이 나온 이후 나는 내가 사용하는 '해인글방'의 또 다른 이름을 '작은 위로'라 이름짓고 조그만 향나무에 글자도 새겨놓아 두었다. 그동안 내 주변에는 '작은 위로'라는 이름의 작은 모임도 생겼고 독자들은 '작은 위로'라는 아이디를 즐겨 사용하기도 했다. 우리 수도공동체에서 올해로 삼 년째 꾸려가는 이웃돕기 음악회 이름도 '작은 위로'라고 이름지을 만큼 이 단어는 일상의 삶 속으로 들어와 나에게 우리에게 많은 기쁨을 안겨주었다.

　2002년 11월 초판을 낸 이후 스무 번이나 찍을 만큼 많은 독자들의 사랑을 받았던 『작은 위로』의 자매 시집으로 『작은 기쁨』을 내면서 『작은 위로』 또한 새 옷을 입혀서 독자들에게 다시 선보이니 기쁘다. 처음의 소망처럼 이 시집이 독자들에게 은은한 향기로 다가가 기쁨을 안겨주는 작은 위로가 되기를 겸허한 마음으로 기도한다.

　　　　부산 광안리 바다가 보이는 수녀원 '작은 위로'의 방에서
　　　　　　　　　　　　　　　　　　　　　　　　이해인 수녀

표현 못 할 깊은 사랑을 짧은 기도에

며칠 전 나와 통화를 하던 서울의 어느 신부님이 "우리가 말하는 중에 자꾸 쏴쏴 하고 나는 소리가 무슨 소리이지요?" 하기에 "많은 나뭇잎들 사이를 바람이 스치는 소리인데요!" 하니 "아, 그렇군요. 정말 좋은 곳에 사시네요" 했습니다.

새소리도, 바람 소리도, 봄에 듣는 것과 가을에 듣는 것은 좀 다른 것 같습니다. 왠지 쓸쓸하면서도 기쁘고, 비어 있는 듯하면서도 충만한 가을의 소리들을 나는 참으로 사랑합니다. 산에서 바다에서 불어오는 가을 바람이 마음까지 서늘하게 해주는 요즈음, 기도하는 마음으로 잠자리에 들면 나는 함께 지내다 별세하신 우리 수녀님들을 종종 꿈길에서 만나곤 합니다.

아무 말 없이 웃으며 다가오는 이들의 그 평온한 모습을 보고 나면 나의 일상에도 잔잔한 평화가 스며들고 내게 주어진 시간들이 더욱 소중하게 여겨져서 옷깃을 여밉니다.

"한세상을 살다 보면…… 사람들에게 베푸는 작은 인정, 작은 위로가 제일이에요. 성덕은 바로 그런 노력이 아닐까 싶어요……."

임종하기 전 내가 문병을 가면 늘 혼잣말처럼 이렇게 뇌이던 어느 선배 수녀님의 모습이 문득 그리워지는 가을.

언제 어디서나 누군가에게 작은 위로자가 되고 싶은 마음으로 '작은 위로'라는 제목의 새로운 시집 한 권을 내어놓습니다.

새와 꽃과 물, 길과 섬과 창, 꿈과 섬과 별의 이미지를 통해 일상생활의 모습을 표현한 이번 시집은 주로 내가 살고 있는 수도원에서 빚어진 마음의 노래이며 기도입니다.

나의 일곱 번째 시집이기도 한 이 책에 담긴 글들은 대부분 지난 여름, 새로 옮긴 자그만 수방(修房)에서 씌어졌습니다. 침대 하나, 옷장 하나, 책상 하나가 전부인 이 방에서는 푸른 솔숲이 가까이 보입니다. 솔향기 나는 고요를 맛들이며 종종 시를 쓰는 순간은 행복했습니다. 한동안 통 씌어지지 않던 시들이 매일매일 짤막한 기도처럼 튀어나와 어느 땐 당황스럽기조차 했습니다.

살아갈수록 나의 사랑은 조용히 깊어가지만 이를 표현할 말은 그리 많지도 길지도 않은 듯합니다. 하늘을 향한 기도의 말도, 사람을 향한 그리움의 말도 자꾸 짧아지고 단순해지는 것을 요즘은 부쩍 자주 경험합니다. 나의 시들은 바로 자신에게, 이웃에게, 신(神)에게 그리고 자연과 사물에게 환히 마음을 열어 보이는 사랑의 편지라고 늘 생각해왔습니다. 시는 세상을 바라보고 사람들을 이해하는 창문이 되어주었으며 모든 관계를 이어주는 아름다운 편지로 이해될 때가 많았습니다.

때로는 너무 담백해서 싱겁기조차 한 시, 너무 짧아서 읽다가 만 것 같은 시, 어린이의 마음을 담은 동시 같은 시들을 많은 사람들에게 내보이는 것이 부끄럽습니다.

그러나 이 시를 쓰도록 재촉하는 숨은 힘은 사랑이기에 감히 독자들에게 한 권의 소박한 '러브레터(love letter)'로 날려보내는 용기를 지닙니다.

『작은 위로』에는 1999년 가을, 동시에 펴낸 『외딴 마을의 빈집이 되고 싶다』『다른 옷은 입을 수가 없네』이후에 쓴 신작시들 외에 시집 아닌 산문집에만 더러 인용했던 몇 편의 시들도 포함되어 있습니다.

이 시집이 빛을 보도록 여름 내내 정성을 다하신 열림원의 편집진, 부족한 글에도 발문을 써주신 윤제림 시인, 격려를 아끼지 않으신 마종기 시인, 장영희 교수께도 깊이 감사드립니다.

부산 광안리 수녀원에서
이해인

차례

개정판을 내며 · 4

초판 시인의 말 · 6

1부

엄마와 딸 · 15

이별의 눈물 · 16

작은 위로 · 18

내가 나에게 · 20

어머니의 섬 · 22

낯설어진 세상에서 · 24

바다는 나에게 · 26

슬픔이 침묵할 때 · 28

너에게 가겠다 · 30

어느 노인의 고백 · 32

이끼 낀 돌층계에서 · 35

헌혈 · 36

보고 싶다는 말은 · 38

둘이서 만드는 노래 · 40

용서의 꽃 · 42

조시(弔詩)를 쓰고 나서 · 44

2부

선물의 집 · 49

길 위에서 · 50

작은 언니 · 52

너의 집은 어디니 · 54

말의 빛 · 56

당신에게 · 58

행복에게 · 60

비타민을 먹으며 · 62

새해 새 아침 · 64

빨래를 하십시오 · 68

비가 전하는 말 · 70

기쁨에게 · 72

우리집 · 74

잠의 집 · 76

거울 속의 내가 · 78

이사 · 80

해녀의 꿈 · 82

기쁨이란 반지는 · 84

3부

풀물 든 가슴으로 · 87

밭도 아름답다 · 88

이제는 봄이구나 · 90

잎사귀 명상 · 92

아침의 향기 · 94

찔레꽃 · 96

나무의 자장가 · 98

비도 오고 너도 오니 · 100

사막에서 · 102

바다로 달려가는 바람처럼 · 104

마늘밭에서 · 106

여름 노래 · 108

진주조개에게 · 109

보호색 · 110

패랭이꽃 추억 · 112

호수 앞에서 · 114

꽃 한 송이 되어 · 116

내 마음의 가을 숲으로 · 118

익어가는 가을 · 121

배추밭에서 · 122

소금 호수에서 · 124

물망초 · 126

해질녘의 단상 · 127

4부

숲에서 쓰는 편지 · 137

꿈일기 1 · 140

꿈일기 2 · 142

번개 연가 · 144

능소화 연가 · 146

우체국 가는 길 · 148

어느 조가비의 노래 · 150

아픈 날의 일기 · 152

부고(訃告) · 154

어느 무희(舞姬)에게 · 156

가을의 밤(栗)을 받고 · 158

장독대에서 · 160

한 방울의 그리움 · 162

발문 | 윤제림(시인)

때때옷에 때만 묻힙니다 · 163

1부

엄마와 딸

이렇게 나이를 먹어서도
엄마와 헤어질 땐 눈물이 난다
낙엽 타는 노모(老母)의 적막한 얼굴과
젖은 목소리를 뒤로하고 기차를 타면
추수 끝낸 가을 들판처럼
비어가는 내 마음
순례자인 어머니가
순례자인 딸을 낳은
아프지만 아름다운 세상

늘 함께 살고 싶어도
함께 살 수는 없는
엄마와 딸이

서로를 감싸주며
꿈에서도 하나 되는
미역빛 그리움이여

이별의 눈물

모르는 척
모르는 척
겉으론 무심해 보일 테지요

비에 젖은 꽃잎처럼
울고 있는 내 마음은
늘 숨기고 싶어요

누구와도 헤어질 일이
참 많은 세상에서
나는 살아갈수록
헤어짐이 두렵습니다

낯선 이와
잠시 만나 인사하고
헤어질 때도
눈물이 준비되어 있네요

이별의 눈물은 기도입니다
언젠가 다시 만나길 바라는
순결한 약속입니다

작은 위로

잔디밭에 쓰러진
분홍색 상사화를 보며
혼자서 울었어요

쓰러진 꽃들을
어떻게
위로해야 할지 몰라
하늘을 봅니다

비에 젖은 꽃들도
위로해주시구요
아름다운 죄가 많아
가엾은 사람들도
더 많이 사랑해주세요

보고 싶은 하느님
오늘은 하루 종일
꼼짝을 못 하겠으니

어서 저를
일으켜주십시오
지혜의 웃음으로
저를 적셔주십시오

내가 나에게

오늘은 오랜만에
내가 나에게
푸른 엽서를 쓴다

어서 일어나
섬들이 많은
바다로 가자고

파도 아래 숨 쉬는
고요한 깊이
고요한 차가움이
마침내는 따뜻하게 건네오는
하나의 노래를 듣기 위해
끝까지 기다리자고 한다

이젠
사랑할 준비가 되었냐고
만날 적마다 눈빛으로

내게 묻는 갈매기에게
오늘은 이렇게 말해야지

파도를 보면
자꾸 기침이 나온다고
수평선을 향해서
일어서는 희망이
나를 자꾸 재촉해서
숨이 차다고—

어머니의 섬

늘 잔걱정이 많아
아직도 뭍에서만 서성이는 나를
섬으로 불러주십시오, 어머니

세월과 함께 깊어가는
내 그리움의 바다에
가장 오랜 섬으로 떠 있는
어머니

서른세 살 꿈속에
달과 선녀를 보시고
세상에 나를 낳아주신
당신의 그 쓸쓸한 기침 소리는
천리 밖에 있어도
가까이 들립니다

헤어져 사는 동안 쏟아놓지 못했던
우리의 이야기를

바람과 파도가 대신해주는
어머니의 섬에선
외로움도 눈부십니다
안으로 흘린 인내의 눈물이 모여
바위가 된 어머니의 섬
하늘이 잘 보이는 어머니의 섬에서
나는 처음으로 기도를 배우며
높이 날아가는
한 마리 새가 되는 꿈을 꿉니다, 어머니

낯설어진 세상에서

참 이상도 하지
사랑하는 이를
저 세상으로
눈물 속에 떠나보내고

다시 돌아와 마주하는
이 세상의 시간들
이미 알았던 사람들
이리도 서먹하게 여겨지다니

태연하기 그지없는
일상적인 대화와
웃음소리
당연한 일인데도
자꾸 낯설고 야속하네

한 사람의 죽음으로
이토록 낯설어진 세상에서

누구를 의지할까

어차피 우리는 서로를
잊으면서 산다지만
다른 이들의 슬픔에
깊이 귀기울일 줄 모르는
오늘의 무심함을
조금은 원망하면서

서운하게
쓸쓸하게
달을 바라보다가
달빛 속에 잠이 드네

바다는 나에게

바다는 가끔
내가 좋아하는
삼촌처럼 곁에 있다

나의 이야길 잘 들어주다가도
어느 순간 내가
힘들다고 하소연하면
"엄살은 무슨? 복에 겨운 투정이야"
하고 못 들은 척한다

어느 날
내가 갖고 싶은 것들을
하나하나 부탁하면
금방 구해줄 것처럼 다정하게
"그래, 알았어" 하다가도
"너무 욕심이 많군!" 하고
꼭 한마디 해서
나를 무안하게 한다

바다는 나에게
삼촌처럼 정겹고 든든한
푸른 힘이다

슬픔이 침묵할 때

슬픔을
잘 키워서
고요히 맛들이면
나도 조금은
거룩해질까

큰 소리로
남에게 방해될까
두려워하며

오래 익힌
포도주빛 향기로
슬픔이 침묵할 때

나는
흰 손으로
제단에 촛불을 켜리

눈물 가운데도
나를 겸손히 일어서게 한
슬픔에게 인사하리

너에게 가겠다

오늘도
한줄기
노래가 되어
너에게 가겠다

바람 속에 떨면서도
꽃은 피어나듯이

사랑이 낳아준
눈물 속에
하도 잘 익어서
별로 뜨는
나의 시간들

침묵할수록
맑아지는 노래를
너는 듣게 되겠지

무게를 견디지 못한
그리움이 흰 모래로
부서지는데

멈출 수 없는
하나의 노래로
나는 오늘도
너에게 달려가겠다

어느 노인의 고백

하루 종일
창밖을 내다보는 일이
나의 일과가 되었습니다

누가 오지 않아도
창이 있어 고맙고
하늘도 구름도
바람도 벗이 됩니다

내 지나온 날들을
빨래처럼 꼭 짜서
햇살에 널어두고 봅니다

바람 속에 펄럭이는
희노애락이
어느새 노을빛으로
물들어 있네요

이왕이면
외로움도 눈부시도록
가끔은
음악을 듣습니다

이 세상을 떠나기 전
내가 용서할 일도
용서받을 일도 참 많지만
너무 조바심하거나
걱정하진 않기로 합니다

죽음의 침묵은
용서하고
용서받은 거라고
믿고 싶어요

고요하고 고요하게
하나의 노래처럼

한 잎의 풀잎처럼
사라질 수 있다면
난 잊혀져도
행복할 거예요

이끼 낀 돌층계에서

이끼 낀 돌층계에
내가 찍어놓은
그리움의 발자국

오늘은 어제보다
조금 더
죽음이 가까워도
세월은 푸르게
나를 안고 있다

층계에서 별을 보면
고요하고 따뜻해라

오늘의 눈물은 모두
이끼 속에 숨기고
화안히 웃어야지

내일을 기다리는
연인이 되어야지

헌혈

내 피를
가져가세요

살아서
내 몸을 흐르던
따뜻한 피
320cc

처음으로 밖에 나온
나의 피
조금 낯설고
무섭지만

그래도 반가워서
얼굴을 붉히며
인사합니다

어디엘 가든지

맑아서 쓸모 있기를
누군가에게
사랑이 되기를 기도하며

나는 침대에 누워
하늘을 바라봅니다
붉은 피가 생명인 것을
다시 아는 이 기쁨!

보고 싶다는 말은

생전 처음 듣는 말처럼
오늘은 이 말이 새롭다

보고 싶은데……

비 오는 날의 첼로 소리 같기도 하고
맑은 날의 피아노 소리 같기도 한
너의 목소리

들을 때마다
노래가 되는 말
평생을 들어도
가슴이 뛰는 말

사랑한다는 말보다
더 감칠맛 나는
네 말 속에 들어 있는
평범하지만 깊디깊은

그리움의 바다

보고 싶은데……

나에게도
푸른 파도 밀려오고
내 마음에도 다시
새가 날고……

둘이서 만드는 노래

사랑은
비밀번호
아무 번호나 누르면
안 됩니다

그와 내가 하나 되는
깊고
넓고
높은
특별한 암호 속에
길이 열린답니다

사랑은
보물섬

날마다 새롭게
숨겨진 보물 찾느라
날마다 새롭게

시산이 보자랍니다

사랑은
둘이서 만드는 노래

듣는 이 없어도
지칠 줄 모르고

기쁠 때도 슬플 때도
함께 부르는 노래는
끝이 없습니다

용서의 꽃

당신을 용서한다고 말하면서
사실은 용서하지 않은
나 자신을 용서하기
힘든 날이 있습니다

무어라고 변명조차 할 수 없는
나의 부끄러움을 대신해
오늘은 당신께
고운 꽃을 보내고 싶습니다

그토록 모진 말로
나를 아프게 한 당신을
미워하는 동안

내 마음의 잿빛 하늘엔
평화의 구름 한 점 뜨지 않아
몹시 괴로웠습니다

이젠 당신보다
나 자신을 위해서라도
당신을 용서하지 않을 수가 없습니다
나는 참 이기적이지요?

나를 바로 보게 도와준
당신에게 고맙다는 말을
아직은 용기 없어
이렇게 꽃다발로 대신하는
내 마음을 받아주십시오

조시(弔詩)를 쓰고 나서

가까운 이들이
이 세상을 떠났을 때
눈물을 찍어 조시(弔詩)를 쓰고 나면

며칠은 시름시름
몸이 아프고
마음은
태풍에 쓰러진 나무와 같다

죽은 이들은 말이 없는데
살아서 그를 위해 시를 쓰는 일은
얼마나 어리석을까
후회도 해본다

슬픔을 일으켜 세우는 건
언제나 슬픔인가
누구의 방해도 받지 않고
안으로 안으로

실컷 슬픔을 풀어내고 나면
나는 어느새 용감해져서
일상의 길을 걸어 들어가
조금씩 웃을 수 있다

2부

선물의 집

사랑할 때 우리 마음은
바닥이 나지 않는 선물의 집
무엇을 줄까
어렵게 궁리하지 않아도
서로를 기쁘게 할 묘안이
끝없이 떠오르네

다른 이의 눈엔 더러
어리석게 보여도 개의치 않고
언어로, 사물로 사랑을 표현하다
마침내는 존재 자체로
선물이 되네, 서로에게

사랑할 때 우리 마음은
괴로움도 달콤한 선물의 집

이 집을 잘 지키라고
하느님은 우리에게
사랑하는 마음을 심어준 것이겠지?

길 위에서

오늘 하루
나에게 일어나는 모든 일들이
없어서는 아니 될
하나의
길이 된다

내게 잠시
환한 불 밝혀주는
사랑의 말들도
다른 이를 통해
내 안에 들어와
고드름으로 얼어붙는 슬픔도

일을 하다 겪게 되는
사소한 갈등과 고민
설명할 수 없는 오해도

살아갈수록

뭉게뭉게 피어오르는
나 자신에 대한 무력함도

내가 되기 위해
꼭 필요한 것이라고
오늘도 몇 번이고
고개 끄덕이면서
빛을 그리워하는 나

어두울수록
눈물날수록
나는 더
걸음을 빨리 한다

작은 언니

동생이 나에게
작은 언니!라고 부를 적마다
내 마음엔 색색의
패랭이꽃이 돋아나네

왜 그래? 대답하며
착해지고 싶네

이슬 묻은 풀잎들도
오늘은 나에게
작은 언니라고 부르는 것 같아

그래 그래
웃으며 대답하니
행복하다

수녀(sister)는
언니(sister)라는 말도 된다지

작은 일에 감동을 잘 하고
오직 사랑 때문에
눈물도 많은 언니

싸움이 나면
세상 끝까지 가서
중간 역할을 잘해
평화를 이루어내는

사랑받는
작은 언니가 되고 싶네

너의 집은 어디니

"너의 집은 어디니?"
"넌 행복하니?"

멀찍이서
바라보기만 하다가
너와 눈이 마주치면
나는 늘 이렇게 물었지

네가 나를 바라볼 때의
그 찰나적인 황홀함을
어떻게 설명할까

너를 잊을 수 없어
너를 닮은
모든 새를
사랑하기 시작했다

맑은 눈빛

가벼운 나래짓으로
나를 부끄럽게 만든 너

항상
네 노래를 들으며
하루를 시작한다

자주 숨어 있는 너를
그리워하며
말 안 해도 행복하다

말의 빛

쓰면 쓸수록 정드는 오래된 말
닦을수록 빛을 내며 자라는
고운 우리말

"사랑합니다"라는 말은
억지 부리지 않아도
하늘에 절로 피는 노을빛
나를 내어주려고
내가 타오르는 빛

"고맙습니다"라는 말은
언제나 부담 없는
푸르른 소나무 빛
나를 키우려고
내가 싱그러워지는 빛

"용서하세요"라는 말은
부끄러워 스러지는

겸허한 반딧불 빛
나를 비우려고
내가 작아지는 빛

* 이 시는 초등학교 교과서에 실려 있습니다.

당신에게

흠뻑
젖으실래요?

슬퍼도
울 줄 모르는 당신
기뻐도
웃을 줄 모르는 당신

오늘은
한 번
실컷 젖어보세요
젖어서 외쳐보세요

나는 젖어 있다
나는 살아 있다

진정 젖어서
살아 뛰는

당신의 힘찬 목소리를

나는

꼭 한 번 듣고 싶거든요

행복에게

어디엘 가면
그대를 만날까요

누구를 만나면
그대를 보여줄까요

내내 궁리하다
제가 찾기로 했습니다

하루하루 살면서
부딪치는 모든 일

저무는 시간 속에
마음을 고요히 하고

갯벌에 숨어 있는
조개를 찾듯

두 눈을 크게 뜨고
그대를 찾기로 했습니다

내가 발견해야만
빛나는 옷 차려입고

사뿐 날아올
나의 그대

내가 길들여야만
낯설지 않은 보석이 될
나의 그대를

비타민을 먹으며

"이젠 수녀님도
건강을 좀 챙기셔야죠"

얼굴이 박꽃 같은 간호수녀가
앙징스런 통 속에
각종 비타민을 분류해 넣으며
희게 웃는다

"이걸 드시면
감기도 몸살도 덜하실걸요"

월화수목금토가 그려진
약통 속에서 빛깔 고운 알약 하나
꺼내 먹으며 신신당부한다

살아 있는 날까지
사랑에 지치지 않는
힘을 주면 좋겠다고

매일 매일 인내하고
절제하는 데 도움이 되는
특효약이 되어주면
더욱 좋겠다고—

새해 새 아침

새해의 시작도
새 하루부터 시작됩니다

시작을 잘 해야만
빛나게 될 삶을 위해
겸손히 두 손 모으고
기도하는 아침이여

어서
희망의 문을 열고
들어오십시오

사철 내내 변치 않는
소나무빛 옷을 입고
기다리면서 기다리면서
우리를 키워온 희망

힘들어도 웃으라고

잊을 것은 깨끗이 잊어버리고
어서 앞으로 나아가라고
희망은 자꾸만 우리를 재촉하네요

어서
기쁨의 문을 열고
들어오십시오

오늘은 배추밭에 앉아
차곡차곡 시간을 포개는 기쁨
흙냄새 가득한
싱싱한 목소리로
우리를 부르네요

땅에 충실해야 기쁨이 온다고
기쁨으로 만들 숨은 싹을 찾아서
잘 키워야만 좋은 열매 맺는다고
조용조용 일러주네요

어서
사랑의 문을 열고
들어오십시오

언제나
하얀 소금밭에 엎드려
가끔은 울면서
불을 쪼이는 사랑

사랑에 대해
말만 무성했던 날들이 부끄러워
울고 싶은 우리에게
소금들이 통통 튀며 말하네요

사랑이란 이름으로
여기저기 팽개쳐진 상처들을
하얀 붕대로 싸매주라고

새롭게 주어진 시간
만나는 사람들을
한결같은 따뜻함으로 대하면
그것이 사랑의 시작이라고―
눈부신 소금꽃이 말을 하네요

시작을 잘 해야만
빛나게 될 삶을 위해
설레이는 첫 감사로 문을 여는 아침
천년의 기다림이 비로소 시작되는
하늘빛 은총의 아침
서로가 복을 빌어주는 동안에도
이미 새 사람으로 거듭나는
새해 새 아침이여

빨래를 하십시오

우울한 날은
빨래를 하십시오
맑은 물이
소리 내며 튕겨 울리는
노래를 들으면
마음이 밝아진답니다

애인이 그리운 날은
빨래를 하십시오
물속에 흔들리는
그의 얼굴이
자꾸만 웃을 거예요

기도하기 힘든 날은
빨래를 하십시오
몇 차례 빨래를 헹구어내는
기다림의 순간을 사랑하다 보면
저절로 기도가 된답니다

누구를 용서하기 힘든 날은
빨래를 하십시오
비누가 부서지며 풍기는
향기를 맡으며
마음은 문득 넓어지고
그래서 행복할 거예요

비가 전하는 말

밤새
길을 찾는 꿈을 꾸다가
빗소리에 잠이 깨었네

물길 사이로 트이는 아침
어디서 한 마리 새가 날아와
나를 부르네
만남보다 이별을 먼저 배워
나보다 더 자유로운 새는
작은 욕심도 줄이라고
정든 땅을 떠나
힘차게 날아오르라고
나를 향해 곱게 눈을 흘기네

아침을 가르는
하얀 빗줄기도
내 가슴에 빗금을 그으며
전하는 말

진정 아름다운 삶이란
떨어져내리는 아픔을
끝까지 견뎌내는 겸손이라고―

오늘은 나도 이야기하려네
함께 사는 삶이란 힘들어도
서로의 다름을 견디면서
서로를 적셔주는 기쁨이라고―

기쁨에게

기쁨아, 너는
맑게 흘러왔다
맑게 흘러나가는
물의 모임이구나

빠르게 느리게
높게 낮게 모여드는
강, 바다
호수, 폭포

조금씩 모습을 바꾸며
흘러오는 너를
나는 그때마다
느낌으로 안다

모든 맑은 물이 그러하듯
기쁨아, 누구도 너를
혼자만 간직할 수 없음을

세상은 안다

그래서
흐르는 생명으로 네가 오면
나도 너처럼
멀리 흘러야 한다
메마른 세상을 적시며 흐르는
웃지 않는 세상에 노래를 주는
한 방울의 기쁨으로
깨어 있어야 한다

우리집

우리집이라는 말에선
따뜻한 불빛이 새어 나온다
"우리집에 놀러 오세요!"라는 말은
음악처럼 즐겁다

멀리 밖에 나와
우리집을 바라보면
잠시 낯설다가
오래 그리운 마음

가족들과 함께한 웃음과 눈물
서로 못마땅해서 언성을 높이던
부끄러운 순간까지 그리워
눈물 글썽이는 마음
그래서 집은 고향이 되나 보다

헤어지고 싶다가도
헤어지고 나면

금방 보고 싶은 사람들
주고받은 상처를
서로 다시 위로하며
그래, 그래 고개 끄덕이다
따뜻한 눈길로 하나 되는 사람들

이런 사람들이
언제라도 문을 열어 반기는
우리집 우리집

우리집이라는 말에선
늘 장작 타는 냄새가 난다
고마움 가득한
송진 향기가 난다

잠의 집

나는 때때로
걸어다니는
잠의 집이다

눈을 감으면
언제라도
꿈을 데려올 수 있는
고요한 잠의 노래이다

눕지 않고도
잠을 잘 수 있는
내 몸의 신비를

나는
감사하고 감사하며
잠 속의 하느님을 만난다

잠 속에서

그분을 새롭게 믿고
포근하게 사랑한다

거울 속의 내가

"아직 살아 있군요"
또 하나의 내가
나를 향해 웃습니다

"안녕하세요?"
살아온 날들
만나온 사람들이
저만치서 나에게
인사를 건넵니다

얼굴을 돌리려 들면
거울 속의 내가
나에게 말합니다

"더 예뻐져서 오실래요?"
"사랑하면 된다던데—"

거울 앞에 설 때마다

나는 늘 내가 낯설어
도망치고 싶습니다

이사

몸이든
집이든
움직여야 살아난다
포기해야 새로 난다

욕심도 물건도
조금씩 줄이면서
선선히 내어놓고
제자리로 보내면서

미련 없이
환하게 웃을 수 있어야
이사를 잘 한 거다

옮기는 것이
결코 짐이 되지 않는
가벼운 날

그런 날은

아마도 내가

세상에 없는 날이겠지?

해녀의 꿈

욕심 없이
바다에 뛰어들면
바다는
더욱 아름다워요

헤엄치는 물고기처럼
사랑 안에서
자유롭습니다

암초를 헤치며
미역을 따듯이
전복을 따듯이

힘들어도
희망을 꼭 따오겠어요

바다 속에
집을 짓고 살고 싶지만

다시 뭍으로 올라와야지요

짠냄새 가득 풍기는
물기 어린 삶을
살아내기 위하여—

기쁨이란 반지는

기쁨은
날마다 내가 새로 만들어
끼고 다니는 풀꽃 반지
누가 눈여겨보지 않아도
소중히 간직하다가
어느 날 누가 내게 달라고 하면
이내 내어주고 다시 만들어 끼지
크고 눈부시지 않아
더욱 아름다워라
내가 살아 있는 동안
많이 나누어 가질수록
그 향기를 더하네
기쁨이란 반지는

3부

풀물 든 가슴으로

보이는 것
들리는 것 모두
풀빛으로 노래로
물드는 봄

겨우내 아팠던 싹들이
웃으며 웃으며 올라오는 봄

봄에는
슬퍼도 울지 마십시오

신발도 신지 않고
뛰어 내려오는
저 푸른 산이 보이시나요?

그 설레임의 산으로
어서 풀물 든 가슴으로
올라가십시오

밭도 아름답다

바다도 아름답지만
밭도 아름답다

바다는 멀리 있지만
밭은 가까이 있다

바다는 물의 시지만
밭은 흙의 시이다

상추, 쑥갓, 파, 마늘
무, 배추, 당근, 오이
흙냄새 나는 이름들을
하나씩 불러보면

내 마음을 가득 채우는
새로움, 놀라움
고마움의 빛

나는 더없이 부드럽고
따뜻하게 열려 있는
엄마 밭이 되고 싶다
흙의 시가 되고 싶다

이제는 봄이구나

강에서는
조용히 얼음이 풀리고

나무는
조금씩 새순을 틔우고

새들은
밝은 웃음으로
나를 불러내고

이제는 봄이구나
친구야

바람이 정답게
꽃이름을 부르듯이
해마다 봄이면
제일 먼저 불러보는
너의 고운 이름

너를 만날
연둣빛 들판을 꿈꾸며
햇살 한 줌 떠서
그리움, 설레임, 기다림……
향기로운 기쁨의 말을 적는데

꽃샘바람 달려와서
네게 부칠 편지를
먼저 읽고 가는구나, 친구야

잎사귀 명상

꽃이 지고 나면
비로소 잎사귀가 보인다
잎 가장자리 모양도
잎맥의 모양도
꽃보다 아름다운
시(詩)가 되어 살아온다

둥글게 길쭉하게
뾰족하게 넓적하게

내가 사귄 사람들의
서로 다른 얼굴이
나무 위에서 웃고 있다

마주나기잎
어긋나기잎
돌려나기잎
무리지어나기잎

내가 사랑한 사람들의
서로 다른 운명이
삶의 나무 위에 무성하다

아침의 향기

아침마다
소나무 향기에
잠이 깨어
창문을 열고
기도합니다

오늘 하루도
솔잎처럼 예리한 지혜와
푸른 향기로
나의 사랑이
변함없기를

찬물에 세수하다 말고
비누향기 속에 풀리는
나의 아침에게
인사합니다

오늘 하루도

온유하게 녹아서
누군가에게 향기를 묻히는
정다운 벗이기를
평화의 노래이기를

찔레꽃

아프다 아프다 하고
아무리 외쳐도

괜찮다 괜찮다 하며
마구 꺾으려는 손길 때문에

나의 상처는
가시가 되었습니다

오랜 세월 남모르게
내가 쏟은
하얀 피
하얀 눈물
한데 모여
향기가 되었다고

사랑은 원래
아픈 것이라고

당신이 내게 말하는 순간

나의 삶은
누구와도 바꿀 수 없는 축복으로
다시 태어났습니다

나무의 자장가

아무리 잠을 청해도
잠이 오지 않는
나른한 여름

눈을 감아도
몸과 마음이
모아지지 않고
멋대로 흩어지는 오후

다디단 바람이 와서
가만가만 나를 달래며
잠들게 해줍니다
초록빛 나뭇잎들이
나무에서 내려와
자장가를 불러줍니다

나는 금방
초록빛 시원한

잠의 숲속으로 들어가
깨어날 줄을 모릅니다

비도 오고 너도 오니

구름이
오래오래 참았다가
쏟아져 내려오는
그리움인가 보지?

비를 기다리면서
아침부터
하늘을 올려다보고

너를 기다리면서
아침부터 내내
창밖을 내다보던 날

맑게 젖은
간절한 기도가
하늘에 닿았을까?

비도 오고

너도 오니
너무 반가워
눈물이 난다
친구야

내 마음에 맺히는
기쁨의 빗방울
영롱한 진주로 키워
어느 날 다시
너에게 보내줄게

사막에서

― death valley에서

불볕 속에
숨이 막혔습니다

모래바람 속에서
방향을 잃었습니다

필요한 것이
너무 많은 곳에서
필요한 것이
아무것도 생각나질 않네요

죽음의 계곡이라
불리는 이곳에서
죽어간 사람들을 기억하며
목이 마릅니다

사막을 끝까지 가면
물동이를 들고

당신이 계시리라는 확신

신기루일지라도
오직 희망만이
양식입니다

어쩌다 마주치는
사막의 풀처럼
흔적을 드물게 남기며
그러나
뜨겁게 살아야겠습니다

바다로 달려가는 바람처럼

어디에 숨어 있다가
이제야 달려오는가
함께 있을 땐 잊고 있다가도
멀리 떠나고 나면
다시 그리워지는 바람

처음 듣는 황홀한 음악처럼
나뭇잎을 스쳐가다
내 작은 방
유리창을 두드리는
서늘한 눈매의 바람

여름 내내 끓어오르던
내 마음을 식히며
이제 바람은
흰 옷 입고 문을 여는 내게
박하내음 가득한 언어를
풀어내려 하네

나의 약점까지도 이해하는
오래된 친구처럼
내 어깨를 감싸 안으며
더 넓어지라고 하네

사소한 일들은 훌훌 털어버리고
바다로 달려가는 바람처럼
더 맑게, 크게
웃으라고 하네

마늘밭에서

하늘을 위에 두고
바다를 곁에 두고

수도원의 마늘밭은
고요하다
가지런하다

마늘이 익어가는
엄마 같은 흙 속에 얼굴을 묻고
실컷 소리 내어 울고 싶을 때가 있네

슬프고 억울한 일 당해도
아무도 대신
울어줄 수 없는 이를 위해
지금도 잠 못 들고 괴로워하는 이를 위해
작은 죄를 뉘우칠 줄 모르는
나 자신을 위하여
엉엉 소리 내어 울고 싶을 때가 있네

아리디아린 마늘 한 쪽 먹으며
실컷 울고 나면 행복할 거라고
바람에게 가만히 이야기하는데

시퍼렇게 날이 선 마늘 줄기는
아니라고 아니라고
냉정한 얼굴로 나를 바라보네

여름 노래

엄마의 무릎을 베고
스르르 잠이 드는
여름 한낮

온 세상이
내 것인 양
행복합니다

꿈에서도
엄마와 둘이서
바닷가를 거닐고
조가비를 줍다가

문득 잠이 깨니
엄마의 무릎은 아직도
넓고 푸른 바다입니다

진주조개에게

언제나
비밀이 많으시군요

문 좀
열어보세요

하늘 담은
바다 이야길
듣고 싶어요

침묵 속에
보석이 되는
사랑 이야기를

아픔을 참아
눈이 부신
기다림의 승리를—

보호색

배춧잎 속에 숨은
연두색 벌레처럼
우리는 저마다
보호색 만들기에
능한지도 몰라

다른 이를 위해 만들어가는
사랑의 보호색은
아름답고 따뜻해 보이지만
자기만의 유익을 위한
이기적인 보호색은
차디차고 징그러워
정이 가질 않네

이기심을 적당히 숨긴
사랑의 모습으로
그럴듯한 보호색을
만들어갈 때마다

나는 내가 싫고 흉해
얼굴을 돌린다

패랭이꽃 추억

희랍 대리석처럼
희고 깨끗한 얼굴을 가졌던
세레나 언니에게서
열다섯 살의 생일에
처음으로 받았던
한 다발의 패랭이꽃

연분홍 진분홍 하양
꽃무늬만큼이나
황홀한 꿈을 꾸었던 소녀 시절

누군가에게
늘 꽃을 건네는 마음으로 살고 싶었다
아니 한 송이의 진짜 꽃이 되고 싶어
수녀원에 왔다

더 많이 사랑하고 싶은 욕심에
가슴이 뛰었다

바람 부는 날
수녀원 뜰에
지천으로 핀 패랭이꽃을
보고 또 보며
지상에서의 내 고운 날들이
흘러간다

호수 앞에서

호수는
늘 고요하고
말이 없어
좋다고 하지만

너무 고요하면
두렵지 않은가요?

때로는
흔들리는 모습도 보여주고
적당히 소리도 내야
편하지 않은가요?

문득
사람도 그러하다고
생각합니다

그러니

너무 조용해서
두려운 당신

오래 쌓아올린
침묵을 깨고
무어라고 나에게
말 좀 해보세요

꽃 한 송이 되어

비 오는 날
오동꽃이 보랏빛 우산을 쓰고
나에게 말했습니다

넓어져라
높아져라

더 넓게
더 높게 살려면
향기가 없어도 괜찮다

나는 얼른
꽃 한 송이 되어
올라갔습니다

처음으로 올라가본
오동나무의 집은
하도 편안해

내려오고 싶지 않았습니다

당신도 오실래요?

내 마음의 가을 숲으로

1

하늘이 맑으니
바람도 맑고
내 마음도 맑습니다

오랜 세월
사랑으로 잘 익은
그대의 목소리가
노래로 펼쳐지고
들꽃으로 피어나는 가을

한 잎 두 잎
나뭇잎이 물들어
떨어질 때마다

그대를 향한
나의 그리움도

한 잎 두 잎
익어서 떨어집니다

2

사랑하는 이여
내 마음의 가을 숲으로
어서 조용히
웃으며 걸어오십시오

낙엽 빛깔 닮은
커피 한 잔 마시면서
우리, 사랑의 첫 마음을
향기롭게 피워올려요
쓴맛도 달게 변한
오랜 사랑을 자축해요

지금껏 살아온 날들이

힘들고 고달팠어도
함께 고마워하고
앞으로 살아갈 날들이
조금은 불안해도
새롭게 기뻐하면서
우리는 서로에게
부담 없이 서늘한 가을바람
가을하늘 같은 사람이 되기로 해요

익어가는 가을

꽃이 진 자리마다
열매가 익어가네

시간이 흐를수록
우리도 익어가네

익어가는 날들은
행복하여라

말이 필요없는
고요한 기도

가을엔
너도 나도
익어서
사랑이 되네

배추밭에서

죽을 때까지
들키고 싶지 않은 속 이야기도
배추밭에선
다 쏟아놓게 되네

싱싱함
냉정함
거룩함

표정도 다양한
겨울 배추들

나에게 손 내밀며
삶은 희망이라고
묻지도 않는데
자꾸만
이야기하네
함께 누워

하늘을 보자 하네

죽어서 행복한
월동 준비도
서두르자 하네

소금 호수에서

—salt lake에서

나는
당신의 소금입니다

항상
짜게 남아 있으려니
쓰라림을 참아야 하고
그래서
편할 날이 없습니다

나는
당신의 호수입니다

항상
고요하게 푸르게
깨어 있어야 하니
쉴 틈이 없습니다

사랑은

고달파도 아름다운
소금 호수라고

여기
소금 호수에 와서
다시 듣는 기쁨이여

물망초

오직
나를 위해서만 살아달라고
나를 잊어선 안 된다고
차마 소리 내어
부탁하질 못하겠어요

죽는 날까지
당신을 잊지 않겠다고
내가 먼저 약속하는 일이
더 행복해요

당신을 기억하는
생의 모든 순간이
모두가 다
꽃으로 필 거예요
물이 되어 흐를 거예요

당신을 사랑합니다

해질녘의 단상

1

어려서부터
나는 늘
해질녘이 좋았다

분꽃과 달맞이꽃이
오므렸던 꿈들을
바람 속에 펼쳐내는
쓸쓸하고도 황홀한 저녁
나의 꿈도
바람에 흔들리며
꽃피기를 기다렸다

지는 해를 바라보며
눈물이 핑 도는
이별의 슬픔을
아이는 처음으로 배웠다

2

헤어질 때면
"잘 있어, 응" 하던 그대의 말을
오늘은 둥근 해가 떠나며
내게 전하네

새들도 쉬러 가고
사람들은 일터에서
집으로 돌아가는 겸허한 시간
욕심을 버리고 지는 해를 바라보면
문득 아름다운 오늘의 삶
눈물 나도록 힘든 일이 없는 건 아니지만
견디고 싶은 마음이
고마움이 앞서네

누구라도 용서하지 않으면 안 된다고
그래야 내일의 밝은 해를 밝게 볼 수 있다고

지는 해는 넌지시 일러주며 작별 인사를 하네

3

비바람을 견뎌내고
튼튼히 선 한 그루 나무처럼
오늘이란 땅 위에 선 사람도
어쩔 수 없이 슬픔을 견뎌내야
조금씩 철이 드나 보다

사랑하는 이와의 이별을 경험하고
터무니없는 오해도 받고
자신의 모습에 실망도 하면서
어둠의 시간을 보낸 후에야
가볍지 않은 웃음을 웃을 수 있고
다른 이를 이해하는 일도
좀 더 깊이 있게 할 수 있나 보다

4

찬물로 세수하고
수도원 안 정원의 사철나무와 함께
파랗게 깨어나는 겨울 아침

흰 눈 속의 동백꽃을
자주 찾는 동박새처럼
호랑가시나무 열매를
즐겨 먹는다는 붉은 새처럼

나도 이제는
붉은 꽃, 붉은 열매에
피 흘리는 사랑에 사로잡힌
한 마리 가슴 붉은 새인지도 몰라

겨울에도 쉬지 않고
움직이는 기쁨

시들지 않는 노래로
훨훨 날아다니는 겨울새인지도 몰라

5

귀에는 아프나
새길수록 진실인 말

가시 돋혀 있어도
향기를 숨긴
어느 아픈 말들이

문득 고운 열매로
나를 먹여주는 양식이 됨을
고맙게 깨닫는 긴긴 겨울밤

좋은 말도 아껴 쓰는 지혜를
칭찬을 두려워하는 지혜를

신(神)께 청하며 촛불을 켜는 겨울밤

아침의 눈부신 말을 준비하는
벅찬 기쁨으로 나는
자면서도 깨어 있네

6

흰 눈 내리는 날
밤새 깨어 있던
겨울나무 한 그루
창을 열고 들어와
내게 말하네

맑게 살려면
가끔은 울어야 하지만
외롭다는 말은
함부로 내뱉지 말라고

사랑하는 일에도
자주 마음이 닫히고
꽁해지는 나에게
나보다 나이 많은 나무가
또 말하네

하늘을 보려면 마음을 넓혀야지
별을 보려면 희망도 높여야지

이름 없는 슬픔의 병으로
퉁퉁 부어 있는 나에게
어느새 연인이 된 나무는
자기도 춥고 아프면서
나를 위로하네

흰 눈 속에
내 죄를 묻고

모든 것을 용서해주겠다고
나의 나무는 또 말하네
참을성이 너무 많아
나를 주눅들게 하는
겨울나무 한 그루

4부

숲에서 쓰는 편지

1

기다리다 못해
내가 포기하고 싶었던 희망

힘들고 두려워
다신 시작하지 않으리라
포기했던 사랑

신록의 숲에서
나는 다시 찾고 있네

순결한 웃음으로
멈추지 않는 사랑으로
신(神)과 하나 되고 싶던
여기 초록빛 잎새 하나

어느 날 열매로 익어 떨어질

초록빛 그리움 하나

2

꽃과 이별한 자리마다
열매를 키워가며 행복한
나무들의 숨은 힘

뿌리 깊은 외로움을 견디어냈기에
더욱 높이 뻗어가는 눈부신 생명이여

신록의 숲에 오면
우린 모두 말없는
초록의 사람들이 되네

사랑이 깊을수록
침묵하는 이유를
나무에게 물으며

말없음표 가득한
한 장의 편지를
그대에게 쓰고 싶네

어느새 숲으로 따라와
모든 눈물과 어둠을 말려주는
고마운 햇빛이여

잃었던 노래를 다시 찾은 나는
나무 같은 그대의 음성을
나무 옆에서 듣네

꽃에 가려져도 주눅들지 않고
늘 당당한 신록의 잎새들
잎새처럼 싱그러운 사랑을
우리도 마침내
삶의 가지 끝에
피워올려야 한다고……

꿈일기 1

나는 가끔
꿈길에서
어린 소녀가 된다

낯설면서도 낯익은
또 하나의 나를 본다

엄마가 지어준
노란 원피스를 입고
나비처럼 춤을 추거나
엄마가 수놓아준
푸른 헝겊 가방에
책과 공책을 잔뜩 넣고
학교 길을 걸으며
지각할까 마음 졸이는
콩새 가슴의 학생이 된다

애, 넌 이다음에 커서 무엇이 되고 싶니?

내게 묻는 나무들에게
아직은 몰라, 천천히 생각해야 돼
새침을 떨며 조용히 걸어가는 나

아직 어른으로 깨어나지 못하고
꿈속으로 들어갈수록
더욱 어린 날의 추억과 뒹구는
작은 인형이 된다, 나는

꿈일기 2

목마른 이들에게
물 한 잔씩 건네다가
꿈이 깨었습니다

그렇게
살아야겠습니다

살아 있는 모든 것을
다시
사랑해야겠습니다

누구에게나
물 한 잔 건네는
그런 마음으로
목마른 마음으로……

꿈에서
나는 때로

천사이지만

꿈을 깨면
자신의 목마름도
달래지 못합니다

번개 연가

갑자기
번쩍이니
처음엔 무서웠어요
그다음엔
눈을 뜰 수 없을 만큼
황홀했어요

그토록
찰나적인 만남을
애타게 기다리며
세월이 흐릅니다

당신을 향한
나의 그리움은
식을 줄 모르는
놀라움이군요

내 생의

가시덤불 속에
꼭 다시 한번
아름다운 번개로
나타나주십시오

능소화 연가

이렇게
바람 많이 부는 날은
당신이 보고 싶어
내 마음이 흔들립니다

옆에 있는 나무들에게
실례가 되는 줄 알면서도
나도 모르게
가지를 뻗은 그리움이
자꾸자꾸 올라갑니다

저를 다스릴 힘도
당신이 주실 줄 믿습니다

다른 사람들이 내게 주는
찬미의 말보다
침묵 속에도 불타는
당신의 그 눈길 하나가

나에겐 기도입니다
전 생애를 건 사랑입니다

우체국 가는 길

세상은
편지로 이어지는
길이 아닐까

그리운 얼굴들이
하나하나
미루나무로 줄지어 서고
사랑의 말들이
백일홍 꽃밭으로 펼쳐지는 길

설레임 때문에
봉해지지 않는
한 통의 편지가 되어
내가 뛰어가는 길

세상의 모든 슬픔
모든 기쁨을
다 끌어안을 수 있을까

작은 발로는 갈 수가 없어
넓은 날개를 달고
사랑을 나르는
편지 천사가
되고 싶네, 나는

어느 조가비의 노래

바다 어머니
흰 모래밭에 엎디어
모래처럼 부드러운 침묵 속에
그리움을 참고 참아
진주로 키우려고 했습니다

밤낮으로 파도에 밀려온
아픔의 세월 속에
이만큼 비워내고
이만큼 단단해진 제 모습을
자랑스레 보여드리고 싶습니다

아직 못다 이룬 꿈들
못다 한 말들 때문에
슬퍼하거나 애태우지 않으렵니다

행복은 멀리 있지 않으니
가슴속에 고요한 섬 하나 들여놓고

조금씩 기쁨의 별을 키우라고
먼 데서도 일러주시는 푸른 어머니

비어서 더욱 출렁이는 마음에
자꾸 고여오는 넓고 깊은 사랑을
저는 어떻게 감당할까요?

이 세상 하얀 모래밭에 그 사랑을
두고두고 쏟아낼 수밖에 없는
저의 이름은 '작은 기쁨' 조가비
하늘과 바다로 사랑의 편지를 보내는
'흰구름' 조가비입니다

아픈 날의 일기

돌부리에 걸려 넘어져
무릎과 이마를 다친
어느 날 밤

아프다 아프다
혼자 외치면서
정신이 번쩍 들었습니다

편할 때는 잊고 있던
살아 있음의 고마움
한꺼번에 밀려와
감당하기 힘들었지요

자기가 직접 아파야만
남의 아픔 이해하고
마음도 넓어진다던
그대의 말을 기억하면서
울면서도 웃었던 순간

아파도 외로워하진 않으리라
아무도 모르게 결심했지요

상처를 어루만지는
나의 손이 조금은 떨렸을 뿐
내 마음엔 오랜만에
환한 꽃등 하나 밝혀졌습니다

부고(訃告)

어느 비 오는 날
길에서 나를 만나
조수미 독창회에 간다며
남편과 둘이서
환히 웃던 젊은 주부 구일숙

며칠 전
그의 친척을 만나
"일숙이도 잘 지내지요?" 하니
"글쎄…… 며칠 전에 죽었어요"
"아니, 왜요?"
"갑자기 암이 번져서 그만……"

죽었어요
죽었어요
며칠 내내
이 말이 떠나질 않네

한 사람의 일생이
이렇게 한 문장 속에
끝나다니
이젠 지상에서 다시
그를 볼 수 없다니

부고를 접할 적마다
나도 조금씩 죽어가는
소리를 듣네

들꽃 한 송이
허공에 놓으며
나는 다시
울 수밖에 없네
눈물만이 작게나마
기도가 되네

어느 무희(舞姬)에게

인생의 사계절을
아프고도 뜨겁게
온몸으로 표현하는 기도의 사람이여

막이 열리면
작은 우주가 되는 무대 위에서
웃고, 울고, 뛰며
우리 안에 숨어 있는 춤까지
밖으로 끌어내는 생명의 사람이여

춤추는 동안 그대는 진정
우리가 사랑할 수밖에 없는
한 마리 새가 되고
한 송이 꽃이 되고
타오르는 불꽃이 되는가
하늘과 땅을 이어주고
갈라진 것들을 한데 모으는
천사가 되는가

고단한 삶의 여정에서
몸과 마음이 무거운 우리에게
잠시나마 가벼운 자유의 날개를 달아주는
참 고마운 사람
처음 보아도 낯설지 않은 아름다운 사람

순간에서 영원을 사는 법을
우리에게 가르치는 그대
구름 같은 사람이여

가을에 밤(栗)을 받고

'내년 가을이 제게 다시 올지 몰라
가을이 들어 있는 작은 열매
밤 한 상자 보내니 맛있게 드세요'

암으로 투병 중인
그대의 편지를 받고
마음이 아픕니다

밤을 깎으며
하얗게 드러나는
가을의 속살

얼마나 더 깎아야
고통은 마침내
기도가 되는 걸까요?

모든 것을
마지막으로 여기며

최선을 다하는 그대의 겸손을
모든 사람을 마지막인 듯
정성껏 만나는 그 간절한 사랑을
눈물겨워하며 밤 한 톨 깎아
가을을 먹습니다

삶을 사랑하는 그 웃음
아끼지 마시고
이 가을 언덕에
하얀 들국화로
날마다 새롭게 피어나십시오

장독대에서

움직이지 않고서도
노래를 멈추지 않는
우리집 항아리들

우리와 함께
바다를 내다보고
종소리를 들으며
삶의 시를 쓰는 항아리들

간장을 뜨면서
침묵의 세월이 키워준
겸손을 배우고

고추장을 뜨면서
맵게 깨어 있는 지혜와
기쁨을 배우고

된장을 뜨면서

냄새 나는 기다림 속에
잘 익은 평화를 배우네

마음이 무겁고
삶이 아프거든
우리집 장독대로
오실래요?

한 방울의 그리움

마르지 않는
한 방울의
잉크빛 그리움이
오래전부터
내 안에 출렁입니다

지우려 해도
다시 번져오는
이 그리움의 이름이
바로 당신임을
너무 일찍 알아 기쁜 것 같기도
너무 늦게 알아 슬픈 것 같기도

나는 분명 당신을 사랑하지만
당신을 잘 모르듯이
내 마음도 잘 모름을
용서받고 싶습니다

때때옷에 때만 묻힙니다

윤제림(시인)

1

제게는 참으로 싱거운 꿈이 하나 있습니다. 만일에 제가 돈을 많이 벌게 된다면(그럴 가능성은 없어 보입니다만), 잡지를 하나 만들고 싶은 꿈입니다. 잡지 이름도 벌써 정해놓았습니다. '시인(詩人)'입니다. 그러나 문예지는 아닙니다. 이미 존재하고 있는 것들도 허다한데, 그것들도 읽히지 않는데 새로운 '시 잡지'는 만들어 무엇 하겠습니까.

그 잡지 '시인'에는 시가 실리지 않습니다. 당연히 시인들한테 원고 청탁할 일도 없을 것입니다. 그럼 '시인'이란 이름은 왜 갖다 붙이느냐고 힐문(詰問)할 사람들이 있겠지요. 설명하자면 조금 길어집니다만, 제 터무니없는 생각을 요약해보자면 이렇습니다.

　표지를 넘기면 한 장의 사진이 실려 있습니다. 4월호라면 부석사 가는 길에 지천으로 피어난 사과꽃밭 풍경이 보일 것입니다. 7월호라면 안면도 솔숲을 보여주고, 12월호라면 싸락눈이 변산반도 그 무채색의 천지를 희끗희끗하게 수놓는 광경이거나 제 고향 제천의 '배론 성지'에 내리는 함박눈을 보여줄 것입니다. 그 페이지의 이름은 '이 달의 시'입니다. 한 장을 더 넘기면 '이 달의 시인'란(欄)이 있습니다. 역시 우리가 알고 있는 시인의 얼굴은 보이지 않을 것입니다. 대신 남대문 시장의 고등어 파는 할머니의 얼굴이 있거나, 이름 없는 권투 선수의 웃는 얼굴이 나올 것입니다. 시골 농부의 주름진 얼굴이 클로즈업될 수도 있고, 땟국이 흐르는 산골 어린이의 수줍은 표정이 잡힐 수도 있습니다.

　'명시' 코너에는 저 강화도 외포리의 일몰이 보이거나, 강원도 어딘가에 법정 스님이 손수 지었다는 '해우소(解憂所)'가 보일 것입니다. '시 자세히 읽기'에서는 도라지꽃이나 패랭이꽃이 아름다운 까닭과 별빛이 아름다운 이유를 초등학생처럼 이야기해보렵니다. 그런 식으로 이 한 권의 잡지는 채워집니다. '잊을 수 없는 시'도 있겠고, '내가 만난 시'도 다뤄질 수 있을 것입니다.

　'내가 만난 시'는 이런 식입니다. 가령 내장산의 어떤 단풍나무 이야기를 한다면 이렇게 하고 싶습니다.

"노씨네 민박집 두 번째 방에서 뒤뜰로 열린 들창을 활짝 열고 보라. 세시 방향으로 산비탈을 올려다보았을 때 유난히 붉게 타오르는 나무 한 그루가 보일 것이다. 달이 밝은 밤이면 더 좋다. 막걸리 한 사발을 마시고 보면 더욱 좋다. 그것이 시가 아니고 무엇이랴."

지하철 정거장에서도 팔고, 고속버스 터미널에서도 팔려고 합니다. 그러나 몇 권이나 팔릴지 알 수 없습니다. 두어 달 내다가 슬그머니 문을 닫는 잡지사일 수도 있습니다. 책값을 아주 싸게 매기면 사정이 조금은 낫겠지요. 그래서 큰돈이 필요한 사업입니다.

사설이 길었습니다. 해인 수녀님의 시를 사랑하는 분들을 공연히 언짢게 만든 것은 아닐까 하는 걱정이 앞섭니다. 그 허황한 꿈 이야기를 '왜 하필 여기다 꺼내놓느냐, 그것이 해인 수녀님과 무슨 관계냐'며 나무라실 것만 같아서입니다. 까닭을 고하겠습니다.

2

세상을 '한 권의 책'에 비유한다면, 세상 사람들은 독자라고 말할 수 있습니다. 그렇다면, 시인은 무엇인가. 그는 '눈이 밝은 독자'입니다. 신 혹은 조물주라는 이름의 저자가 지은 거대한 책의 행간(行間)을 읽는 사람, 우주가 숨기고 있는 뜻을 남

달리 잘 읽어내는 사람이란 뜻이지요. 하여, 시 쓰기는 일반 독자들이 놓치기 쉬운 대목에 밑줄을 그어 다시 한번 읽어보길 권하거나, 쉽게 그 뜻을 헤아려내기 어려운 부분에 주석을 다는 일과 다르지 않을 것입니다. 해인 수녀님은 바로 그런 역할에 충실한 분입니다.

그는 이 세상을 지으신 이의 의도를 잘도 짚어냅니다. 끊임없이 하늘과 교신하는 일이 그의 일상이니까 그렇지 않겠느냐고 간단히 잘라 말할 수도 있겠지만, 단지 그런 이유만은 아닐 것입니다. 제 생각에 그것은 '동심(童心)'의 힘입니다. 아시다시피 어린이는 세상의 모든 것들과 이야기하는 사람입니다. 꽃의 말을 알아듣고, 파도가 하는 말을 알아듣습니다. 하늘과 땅이 그걸 알기에 이슬이 그들에게 말을 걸어오고 새들이 안부를 묻습니다. 어린이들에게 그렇듯이 수녀님에겐 삼라만상(森羅萬象)이 하나의 가족입니다.

수녀님의 시는 '자연과 인간이라는 대가족을 위한 동심의 기도'입니다. 들어보시겠습니까.

잔디밭에 쓰러진
분홍색 상사화를 보며
혼자서 울었어요

쓰러진 꽃들을

어떻게
위로해야 할지 몰라
하늘을 봅니다

비에 젖은 꽃들도
위로해주시구요
아름다운 죄가 많아
가엾은 사람들도
더 많이 사랑해주세요

보고 싶은 하느님
오늘은 하루 종일
꼼짝을 못 하겠으니

어서 저를
일으켜주십시오
지혜의 웃음으로
저를 적셔주십시오

—「작은 위로」 전문

    수녀님의 시 안에서는 만물이 평등합니다. 아니, 평등이란 말로는 부족합니다. 무등(無等)입니다. 하여, '비에 젖은 꽃들' 과

'가엾은 사람들'이 함께 위로를 받아야 할 한 몸뚱이로 그려집니다. 목숨 가진 모든 것들이 지상의 한 식구인 까닭입니다. 그런 생각을 가진 그이기에 "바다는 가끔/내가 좋아하는/삼촌처럼 곁에 있"(「바다는 나에게」)어주고, "이슬 묻은 풀잎들도/오늘은 나에게/작은 언니라고 부르는 것 같"(「작은 언니」)다고 말하는 것이 하나도 이상해 보이지 않습니다.

수녀님은 혼자 있어도 혼자라고 생각하지 않을 분인 것만 같습니다. 아니, 온 누리에 시간을 나누느라 혼자 쓸 시간조차 없어 보입니다. 하늘의 새한테 "너를 잊을 수 없어/너를 닮은/모든 새를/사랑하기 시작했다"(「너의 집은 어디니」)고 고백해야 하고, "오동꽃이 보랏빛 우산을 쓰고" 속삭이는 소리를 들어주어야 하기 때문입니다. "진정 아름다운 삶이란/떨어져 내리는 아픔을/끝까지 견뎌내는 겸손이라고"(「비가 전하는 말」) 하는 빗줄기의 말에도 귀기울여야 하는 까닭입니다.

3

수녀님의 시에는 이른바 '술이부작(述而不作)'의 미덕이 흘러넘칩니다. 애써 짓거나 꾸미려 하지 않고, 타고난 정직함과 겸허함으로 당신 앞에 다가서는 풍경을 끌어안습니다. 온갖 사물과 생명을 인간의 높이로 바라보는 것이 아니라, 그것들의 눈높이에서 생각하고 이야기합니다. 그렇기에 저처럼 때묻은 사람이 보지 못하고 듣지 못하는 것을 놓치지 않고 볼 수 있게 하여줍니다. 마음에도 '때때옷'이 있다면, 수녀님은 바로 그런 옷을 입고 계십니다. 수녀님의 시를 따라가노라면, 저 같은 사람은 얼마나 '때투성이'인가 하는 반성을 하게 됩니다.

우울한 날은
빨래를 하십시오
맑은 물이
소리 내며 튕겨 울리는
노래를 들으면
마음이 밝아진답니다

애인이 그리운 날은
빨래를 하십시오
물속에 흔들리는
그의 얼굴이
자꾸만 웃을 거예요

기도하기 힘든 날은
빨래를 하십시오
몇 차례 빨래를 헹구어내는
기다림의 순간을 사랑하다 보면

저절로 기도가 된답니다

누구를 용서하기 힘든 날은
빨래를 하십시오
비누가 부서지며 풍기는
향기를 맡으며
마음은 문득 넓어지고
그래서 행복할 거예요

—「빨래를 하십시오」 전문

　해인 수녀님의 시들은 하찮고 사소해 보이는 것들 속에 행복
이 들어 있다는 평범한 진리를 새삼스레 깨우쳐줍니다. 우리가
잘못 읽거나 빠뜨리고 넘어가는 페이지를 자별하게 챙겨주며
다시 들여다보게 하는 까닭입니다. "바다도 아름답지만/밭도
아름답다//바다는 멀리 있지만/밭은 가까이 있다//바다는 물
의 시지만/밭은 흙의 시다"(「밭도 아름답다」)에서처럼 아름다
운 풍경에 대한 우리들의 고정관념을 바로잡아줍니다. "꽃이
지고 나면/비로소 잎사귀가 보인다/잎 가장자리 모양도/잎
맥의 모양도/꽃보다 아름다운/시(詩)가 되어 살아온다"(「잎
사귀 명상」)에서처럼 세상에 시 아닌 것이 없음을 일러줍니다.
　시인이 펜을 들기 전에 이미 시로 존재하는 것들, 그것들의
이름을 일일이 불러주며 그것들과 진심으로 대화하고 그 감동

을 세상 사람 모두에게 나눠주려는 일. 그것이 해인 수녀님의 시 쓰기가 아닐까요. 제 생각이 가히 틀리지 않는다면, 수녀님께 두 가지 청(請)을 드리고 싶습니다. 첫째, 때때옷 같은 시집에 때만 묻혀놓은 무례함을 용서해주십사 하는 것입니다. 둘째, 만일 제가 '시인'이란 잡지를 만들게 된다면, 그 책의 편집위원이 되어주십사 하는 것입니다.

물론, '별 희한한 부탁도 다 있군' 하시며 그냥 웃으셔도 좋습니다.

작은 위로

초　판　1쇄 발행 2002년 11월 25일
초　판　20쇄 발행 2007년 11월 30일
개정판　1쇄 발행 2008년　3월 17일
개정판 33쇄 발행 2023년　8월 29일

지은이　이해인
펴낸이　정중모
펴낸곳　도서출판 열림원
등록　1980년 5월 19일(제406-2000-000204호)
주소　경기도 파주시 회동길 152
전화　031-955-0700
팩스　031-955-0661
홈페이지　www.yolimwon.com
이메일　editor@yolimwon.com
페이스북　/yolimwon
인스타그램　@yolimwon

*책값은 뒤표지에 있습니다.

ISBN 978-89-7063-590-3　03810